MW01102245

DELTA, B.C.

Dans la même collection

SUJETS DE SOCIÉTÉ

Pas envie d'aller à l'école
Cannabis, mieux
    vaut être informé
Mais pourquoi tant d'interdits ?
Pourquoi la cigarette vous tente ?
Pourquoi le 11 septembre 2001 ?
À la fois française et musulmane
Non au racket !
Votre histoire à vous, les filles
Chacun son look
La violence en direct
Vous y croyez, vous, en Dieu ?
La drogue, vous êtes
    tous concernés
Touche pas à mon corps
Fan Mania
La mort, c'est pas une vie !
Sauvons la planète
C'est quoi le spiritisme ?

ÉTUDES

Comment naissent les livres ?
Collège, mode d'emploi
On n'est pas des nuls !
Prêts pour la sixième !
J'apprends à travailler
Les années lycée…
Des ados en Europe
Je ne sais pas quoi lire !
Nous, on n'aime pas lire…

MOI

J'ose pas dire non !
Marre de mes kilos en trop
J'en ai assez de mon physique !
Je suis trop timide…
Et si la joie était là ?
Vous vous sentez seul…
Je ne sais pas qui je suis…
Tu t'es vu quand tu triches ?
Nous, les 11-15 ans
Ado blues…
Nous les filles…
C'est pas facile de grandir !
Réveillez-vous les mecs !
J'écris mon journal intime

AMOUR ET AMITIÉ

Le coup de foudre, ça existe ?
L'amitié, c'est sacré
Pas si facile d'aimer…
La sexualité expliquée aux ados
Un copain pas comme les autres…
Des mots pour dire…

FAMILLE

Une nouvelle famille, c'est pas facile !
Un père, c'est pour la vie
Frères et sœurs, pour la vie ?
Les miens aussi ils divorcent !
On n'est plus des bébés
Avec votre mère, c'est plus pareil

Découvrez aussi le spécial Oxygène de 256 pages, intitulé :
Un grand bol d'Oxygène, 160 questions strictement réservées aux ados
pour retrouver des éléments de réponse
à un grand nombre de questions que vous vous posez.

Connectez-vous sur :
www.lamartiniere.fr

© 2004, Éditions de La Martinière SA (France)
2, rue Christine - 75006 Paris

PAS ENVIE D'ALLER À L'ÉCOLE

PAS ENVIE D'ALLER À L'ÉCOLE

GILBERT LONGHI
ARIANE MORRIS
ILLUSTRÉ PAR MANU BOISTEAU

De La Martinière

Jeunesse

SOMMAIRE

L'ÉCOLE, ÇA VOUS GAVE

QUAND RIEN NE VOUS MOTIVE

POUR QUE ÇA SE PASSE MIEUX

À CEUX QUI N'AIMENT PAS L'ÉCOLE

Vous avez le droit d'aimer vos parents, les études, le sport, les animaux et les causes humanitaires. Si vous préférez le rock, les copains ou les vacances, là, les choses commencent à se gâter.

Alors, à supposer qu'il vous prenne l'envie de ne plus aller à l'école, ça devient un véritable cataclysme.

Vous vous pensez différents, marginaux, mais, en réalité, vous êtes de plus en plus nombreux, filles et garçons à ne pas vous sentir bien au collège, au lycée, tout en étant des ados tout à fait normaux. Parce que vous paniquez en classe, perdez vos moyens et avez toujours peur de vous planter. Parce que vous ne vous trouvez jamais récompensés à la mesure de vos efforts. La crainte de passer pour un bon élève vous entraîne parfois vers une détestation affichée de tout ce qui touche à l'étude ; vous perdez l'habitude d'écouter, de faire vos devoirs : bref, vous décrochez.

La faute à qui ? La faute à quoi ?

Bien sûr, vous serez tentés d'accuser les autres. Vos camarades, vos parents, vos profs… Sans parler de la lourdeur de l'emploi du temps…

Il n'empêche qu'à part quelques exceptions il y a une règle vérifiable à tous les coups : moins on reste à l'école, plus on limite ses choix pour l'avenir. Alors, autant mettre le maximum de chances de votre côté !

Guérir du mal d'école, c'est peut-être apprendre à ne pas confondre la fin et les moyens… Ce livre va vous y aider.

L'ÉCOLE, ÇA

TOUS
DES BÉBÉS

SATURATION

LA PEUR
DE RATER

VOUS GAVE

LA PRESSION DU GROUPE

DÉGOÛT ÉPISODIQUE

LE REGARD DES AUTRES

n jour, un ministre de l'Éducation nationale a organisé un colloque, à Paris, à propos des élèves qui s'ennuient en classe. Ce n'était plus un scoop, on en discutait savamment entre spécialistes, on cherchait des solutions, le tabou était enfin levé.

C'est ainsi que l'on découvrit, les conversations allant bon train dans les couloirs et les langues se déliant, que la plupart des personnalités présentes n'avaient pas beaucoup aimé l'école! On a même vu le ministre de l'Éducation nationale en personne, des acteurs adulés et des médecins célèbres se faire gloire d'avoir maudit leurs études, au temps détestable du collège et du lycée. Certains ont même juré que l'ennui en classe leur avait inspiré des passions positives : écrire des poèmes, réfléchir sur soi, conceptualiser un objet utile à l'humanité… Bref, ne pas aimer l'école avait développé leur ima-

… ET Si VOUS CONTiNUEZ COMME ÇA, VOUS FiNiREZ MiNiSTRe !

gination, épanoui leur créativité et libéré leur intelligence. À voir…

Cette anecdote peut vous rassurer, vous qui vous sentez gavé par les études. Vous en conclurez que les vertus scolaires (écouter, s'appliquer, faire ses devoirs…) ne visent qu'à étouffer l'esprit, éteindre l'originalité et enfermer la pensée. Peut-être êtes-vous sur la bonne voie pour le prix Nobel ou le vernissage de vos tags au musée du Louvre! Mais qui peut parier sur un destin aussi glorieux? C'est entendu, on a pu, et on peut toujours, réussir dans la vie en ayant détesté les études, mais ces fanfarons d'hier n'ont pas fait l'école buissonnière. Chacun peut trouver une astuce pour rendre ce calvaire acceptable.

Morale de l'histoire : on peut ne pas aimer l'école et décider de jouer le jeu quand même. Vous y arriverez plus aisément en comprenant ce qui se cache derrière ce « pas envie » partagé par un certain nombre de vos semblables…

QUAND LES CHIFFRES PARLENT

D'après les chiffres officiels, les jeunes Français font environ dix-neuf années d'études. Pas étonnant qu'il y ait quelques passages à vide, des moments d'impatience ou l'envie, parfois, de tout larguer. La vie d'un écolier, collégien, puis lycéen n'est pas un long fleuve tranquille : il y a des années avec et des années sans, et il suffit d'un rien pour que ça bascule.

REJET ÉPISODIQUE

Les adultes ont beau vous dire que vous n'avez aucune raison de ne pas aimer l'école, qu'autrefois, quand on poursuivait ses études, on était forcément heureux parce qu'on se sentait privilégié : c'était l'assurance d'échapper à l'usine, à la mine ou aux travaux des champs dès le plus jeune âge. Bouder le plaisir d'étudier est pour eux insupportable !

Ces discours vous laissent froid et, surtout, vous ne voyez pas le rapport avec ce que vous ressentez. Car ce que vous vivez n'a rien de définitif ni de radical, votre humeur joue du yo-yo : un matin, vous vous ennuyez en classe, un autre matin, les cours vous plaisent. Une matière vous attire, pas la suivante. Un prof vous intéresse, pas son collègue, et ainsi de suite. C'est ainsi que, une année, vous vous mettez à être bon en maths et nul en histoire, l'année suivante, c'est la techno qui vous propulse en tête de classe, tandis que le prof de français désespère de vous faire écrire correctement. Ne cherchez pas, il en a toujours été ainsi. Écoutez vos parents ou vos grands-parents parler, avec des trémolos dans la voix, des cours de monsieur Machin ou de madame Bidule, ou bien de l'ennui inoubliable qui les saisissait à d'autres moments. Donc, même si vous saturez parfois, vous restez suffisamment lucide pour fréquenter normalement les cours, sans prendre le risque de vous faire jeter à la porte. En passant par des hauts et des bas, vous supportez le poids des journées, des semaines et

des années scolaires. Votre résistance est un moindre mal, comparée à l'abandon total des études. Car résister, c'est encore maîtriser la situation. Vous avez vos astuces, vous rendez certains devoirs et en bâclez d'autres, en fonction de vos priorités. D'autres fois, vous trichez en pompant sur les copains ou en déposant un certificat médical. Tout cela relève d'une stratégie et prouve que vous n'avez pas déclaré forfait.

SATURATION

Tout autre est l'impression de saturation qui peut vous saisir sans crier gare. Le plus ennuyeux est de la laisser s'installer sans lui offrir de résistance. Et, évidemment, plus vous lâchez prise, plus les choses s'enveniment pour vous. De devoirs non rendus en leçons non sues, les affaires de la classe ne vous concernent plus, vous devenez passif, ça glisse sur vous comme sur le dos d'un canard... Le mal d'école vous guette insidieusement.

Grégory ou le mal d'école jusqu'à l'écœurement

Grégory n'a aucune passion. Il ne s'intéresse à rien. Il est ouvertement décalé, « très à l'ouest ». M. Longuet, son prof d'histoire, l'a pris à part et lui a posé de petites questions gênées : « Es-tu malade ? Pourquoi ne parles-tu jamais ? Cette attitude négative est-elle due à des difficultés familiales ? Si tu as besoin d'aide, il faut voir l'assistante sociale, elle est présente un mardi après-midi sur deux de 8 h 10 à 11 h 25, ou chaque troisième samedi du mois, de 9 h 25 à 11 h 15... » Sur le moment, Grégory n'a pas répondu car il sait parfaitement pourquoi il reste ainsi dans sa coquille ; c'est qu'il en a ras-le-bol de l'école. Ce n'est pas une petite fatigue passagère, mais plutôt un écœurement total et durable. Son mal d'école lui donne des nausées, des diarrhées et des palpitations à certains moments... Il en a parlé au docteur Dinan qui l'a mis au monde, il y a déjà treize ans. Le toubib n'y va pas par quatre chemins : « Ce genre d'angoisse scolaire, c'est comme le chagrin après la mort d'un grand-père, le choc qui suit le divorce des parents ou la fin d'un premier amour. Il ne faut pas en faire tout un fromage, mais quand on est rebuté par l'école, on n'est jamais heureux, mon petit Grégory. »

Il suffit de trois fois rien pour que ça vous tombe dessus. Vous étiez tangent, moyennement motivé mais vous avez fait votre rentrée comme tout le monde. Ça a commencé quelque temps après.

Vous êtes devenu je-m'en-fichiste. Vos notes se sont déglinguées. Les critiques des profs ne vous touchaient plus. Vous vous moquiez de la pile de billets d'absence que vous envoyait votre établissement. Les cours vous ennuyaient. Même les bâtiments vous sortaient par les yeux. Et le lundi, après la coupure du week-end, il fallait vous bourrer de médicaments pour reprendre le chemin du collège. Le ressort était cassé. En quelques semaines, on ne reconnaissait plus le garçon sociable et enjoué que vous étiez ; vous ne pouviez plus aller en classe. Vous étiez atteint de phobie scolaire et, d'après les spécialistes, vous n'étiez pas un cas isolé !

En cherchant bien, on trouve toujours une explication à ce dégoût d'école. Il ne vient pas toujours de l'école elle-même, mais ce n'est pas une raison pour ne pas en tenir compte.

LA PEUR DE RATER

On ne peut pas imaginer à quel point cette peur-là peut paralyser et enlever le goût d'apprendre ! Mieux vaut ne rien faire que mal faire. Vous êtes nombreux à vous y laisser prendre. Alors vous devenez le spectateur de vos propres apprentissages. Battu d'avance, vous n'arrivez pas à vous lancer, vous restez sur les starting-blocks. Comme vous ne supportez pas de ne pas tout savoir sans avoir à apprendre, vous cultivez l'immobilisme et adoptez un regard distant sur tout. Vous développez un sens aigu de l'observation, sans jamais vous com-

promettre. L'embêtant, c'est qu'à ce jeu on ne sait pas si la peur de vous planter empêche vos aptitudes de se révéler ou, au contraire, si elle dénote une incompétence réelle. Comment savoir qu'on peut réussir si on n'essaie jamais rien ? Même les bons élèves ne sont pas à l'abri de blocages et de soudaines paniques! On en a vu certains passer des trimestres entiers à attendre sagement le déclic, en se faisant tout petits… Cela peut se traduire par des petites choses toutes bêtes, mais qui vous obsèdent ; vous ne supportez pas de rendre un travail pas propre (la moindre rature vous fait flipper) ou dans lequel une question est restée sans réponse parce que vous n'avez pas bien compris l'intitulé, alors vous préférez carrément ne rien rendre, inventer une excuse bouffonne plutôt que de rendre un devoir imparfait à vos yeux. Vous pouvez ainsi décider de zapper complètement une matière parce que vous y êtes moins à l'aise. Le résultat de ces manœuvres peut être catastrophique car vous passez ainsi pour le gogol de service auprès de vos profs et, pis !, auprès de vos camarades. Votre ego en prend un coup ! C'est une histoire d'image de soi, dites-vous. En réalité, vous avez une très haute opinion de vous-même et, finalement, être critiqué vous est insupportable. Un conseil : descendez de votre piédestal, joignez-vous à la foule de ceux que vous considérez comme des médiocres et acceptez de vous tromper parfois. Vous relâcherez la tension et tout le monde s'en portera mieux, à commencer par vous.

Simon se sent nul

Le dégoût d'école arrive parfois après plusieurs années de ratage. C'est le cas de Simon. En sixième, trois ou quatre profs étaient souvent absents. L'année suivante, le retard était si important qu'il ne comprenait plus rien. En quatrième, ses parents l'ont changé d'établissement et il ne s'est pas adapté à sa nouvelle classe. Simon s'est mis à s'absenter à la moindre occasion. Le conseil

de classe l'a régulièrement menacé de redoublement, mais il a fini par passer en troisième sans
avoir le niveau. Simon se sent nul. Il se fait tout
petit en redoutant qu'on lui fasse honte. Plutôt que
de rendre des devoirs ridicules, il préfère se défi-
ler, inventer des excuses et, à nouveau, s'absenter.
L'école est devenue une torture. Certes, ses parents
ont réussi à le faire monter de classe en classe,
mais il ne retient rien de ce qu'il apprend. Sa souffrance est terrible. Ce n'est pas qu'il refuse de travailler, mais il est largué et ça le paralyse.

LE REGARD DES AUTRES

Un peu différente de la première, mais tout aussi handicapante, la peur du regard des autres peut annuler tous les efforts déployés pour réussir à l'école. Ce sont, en général, des périodes transitoires où l'on se sent bête, moche et bon à rien. Une seule consolation : on y passe tous, autour de 13 ans pour les filles, un peu plus tard pour les garçons.

Tout irait bien si, à l'école, on n'était pas tout le temps sur la sellette. En effet, comme un bon cours est un cours où tous les élèves participent (dixit M. l'inspecteur), certains de vos profs appliquent à la lettre ce beau principe et vous bombardent de questions, vous qui ne demandez qu'à vous faire oublier. Vous bafouillez quand vous avez à prendre la parole devant plus d'une personne, vous êtes convaincu de n'avoir rien à dire de pertinent, rien qui mérite d'être entendu, et vous redoutez qu'on vous appelle au tableau parce que votre corps vous gêne et le chemin jusqu'à l'estrade est long à parcourir au vu de toute la classe. Pourquoi, bon sang, les profs ne se satisfont-ils pas du travail que vous rendez? Pourquoi faudrait-il, en plus, faire celui ou celle qui s'implique personnellement, en faisant le pitre devant tout le monde? Vous n'êtes pas payé pour dire ce que vous pensez, vous êtes là pour faire ce qu'on vous demande. Vous avez en partie raison d'avoir de telles pensées. On ne doit pas s'acharner sur vous dans ces périodes d'extrême fragilité où vous ne savez plus très bien où vous en êtes. Il n'empêche qu'apprendre à s'exprimer permet de vaincre la peur que vous ressentez quand des regards étrangers se posent sur vous. Cet exercice très scolaire est donc un bon remède : vous apprenez, en le pratiquant, à être vous-même.

Mathilde et la peur d'être jugée

Mathilde se sent constamment surveillée et jugée. Les professeurs n'hésitent pas à la menacer de redoublement ou d'orientation, et ne se privent pas de lui faire des réflexions sur son niveau. À ce climat odieux s'ajoutent les moqueries des élèves qui savent bien qu'elle s'affole à la moindre occasion. Et Mathilde collectionne les notes pitoyables. Il faudrait être maso pour aimer l'école dans ces conditions. Personne n'aime être la tête de Turc ni devenir le point de mire de toute une classe. Car Mathilde redoute, par-dessus tout, qu'on la fasse lire en public ou qu'on dissèque ses devoirs devant tout le monde ; ça la rend malade. Son blocage s'installe profondément, au point d'entraver ses possibilités d'apprendre une leçon et d'en restituer un seul mot. Pour la consoler, un de ses profs lui a dit que tous les grands acteurs connaissent le trac… Mais Mathilde ne joue pas la comédie.

LA PRESSION DU GROUPE

Sentir sur soi la pression du groupe n'est pas tout à fait la même chose que d'avoir peur du regard des autres. Pour vous qui la vivez au quotidien, la situation suivante n'aura pas de secrets. Tout en vous est bien en place : vous écoutez normalement les cours, étudiez régulièrement les leçons, comprenez grosso modo les consignes des profs, mais vous estimez que votre contrat avec l'école s'arrête là car en faire plus vous mettrait en porte-à-faux. Souvent, en effet, au moment de passer au tableau ou de répondre à une interro écrite, vous vous bloquez. Pas moyen de sortir un mot,

impossible d'écrire une ligne. Pourquoi? Parce que vous êtes tiraillé entre deux exigences contradictoires : faire correctement votre boulot d'élève, sans zèle, et rester solidaire du groupe de copains qui considère que montrer qu'on aime l'école, c'est nul. Il vous faut critiquer les profs, dire que le travail demandé manque d'intérêt, que les notes c'est n'importe quoi, que l'organisation de la cantine, avec ses services imposés, nuit au bon équilibre de vos journées entre labeur et détente. Bref, pour avoir droit à un minimum de reconnaissance dans la bande, il vous faut en faire des kilos côté dénigrement. Ce qui explique qu'au moment de passer au tableau vous ne sachiez plus quelle attitude adopter. Vous ne pouvez ni faire celui qui sait, ce serait vous plier servilement aux demandes du prof, alors que vous êtes censé en penser pis que pendre, ni celui qui ne sait pas, ce serait vous rabaisser inutilement ; conclusion, vous restez muet ou vous n'écrivez pas une ligne ! Cette position est difficilement tenable sur le long terme ; cela conduit tout droit à la névrose d'échec. Une partie de vous aura envie de réussir, tandis que l'autre s'évertuera à tout faire capoter, méfiez-vous. Mieux vaut choisir un camp et s'y tenir.

La réputation d'Alex

Alex a réfléchi à la question, après s'être trouvé à plusieurs reprises dans cette situation. Ses conclusions sont encore vagues, mais il pense que c'est une histoire de réputation. Dans sa bande de copains, ce n'est pas bien vu d'aimer l'école. Il vaut mieux avoir l'air de se moquer de tout, de dédai-

gner les études, d'être indifférent aux consignes des profs et de se libérer de la pression des parents. Ça fait genre. Il vaut mieux passer pour un je-m'en-fichiste que pour un élève appliqué. Du coup, plutôt que de perdre l'estime de ses potes, Alex préfère passer pour un fainéant aux yeux des adultes. Il ne supporterait pas qu'on pense que les études lui plaisent et qu'il pourrait réussir. Résultat : ses classeurs sont mal tenus, il reste muet face aux questions des profs, ne se porte jamais volontaire pour passer au tableau, mais assure, en catimini, une petite moyenne partout. Pas plus.

Les types comme Alex sont de plus en plus nombreux aujourd'hui, et les plus malins ont trouvé la combine pour continuer à prendre du plaisir à apprendre sans passer pour des fayots.

L'ENFER C'EST LES AUTRES

 u collège ou au lycée, il n'y a pas que le travail scolaire, il y a aussi les embrouilles entre copains, avec les profs, les sautes d'humeur des uns, les disputes avec les autres... Un microcosme instable où chacun déverse son mal de vivre. Sans compter les vraies brimades qui peuvent pourrir la vie. Passent encore les ricanements quand on est au tableau et qu'on ne trouve pas la réponse, mais certains élèves, par leur malveillance, peuvent rendre l'ambiance invivable. Il arrive qu'un petit groupe s'en prenne à un élève (les filles ne sont pas plus épargnées) parce qu'il est différent, trop petit, trop gros, trop malin ou pas assez, et ça peut devenir l'enfer.

Toute l'énergie dépensée pour survivre dans ce monde de brutes est inévitablement perdue pour les apprentissages. Comment écouter les profs quand on est toute la journée sur ses gardes?

Félix le bouc émissaire

Quatre garçons s'en prennent tout le temps à Félix. D'abord, ils l'appellent « Félix le chat », puis le coincent dans les escaliers pour l'obliger à miauler et s'en vont en riant aux éclats. Le plus bête de la bande, c'est Denis. Son grand plaisir est de vider le cartable de Félix dans la cour et de marcher sur les cahiers. Même les trois autres vauriens de son gang ont un peu honte, mais quand ils osent dire quelque chose, il les insulte et les prive de cigarettes, dont il est un gros pourvoyeur. Denis est un spécialiste du racket, des bagarres et des embrouilles. Son grand frère et d'autres voyous de son acabit ont déjà fait une apparition au collège pour exiger de Félix un peu de monnaie, sa casquette et ses gants.

TROP MÛRS **L**es hasards de la vie vous ont fait grandir trop vite; vous êtes la plus jeune ou le plus jeune d'une fratrie, vous avez l'exemple de vos frères et sœurs, on ne vous la fait pas, vous connaissez tout du collège et du lycée avant d'y avoir mis les pieds : la réputa-

tion des profs, les combines pour franchir les étapes sans se fatiguer. Vous n'avez aucun goût pour les devoirs, la tenue des classeurs ou l'apprentissage par cœur. Vous préférez la discussion, la découverte, vous prenez du plaisir à comprendre les trucs compliqués. À la maison, vous participez aux conversations des adultes, on ne vous a jamais pris pour un bébé. Si bien que l'autorité bête et méchante et l'obéissance aveugle, vous ne connaissez pas. Ce n'est même pas la peine d'essayer, vous y êtes carrément réfractaire, on ne tirera rien de vous avec ces méthodes-là. Les contraintes scolaires vous sont tellement insupportables qu'elles vous gâchent le plaisir d'apprendre. En fait, vous êtes tout à fait capable de vous instruire, vous restez curieux de tout, mais les cours n'éveillent pas votre

appétit. Du reste, rien n'est tout blanc ou tout noir, il y a des jours, des matières, des profs qui sont très agréables, alors, un certain intérêt, voire une réelle euphorie est au rendez-vous. Mais vous n'avez pas la patience de supporter les mauvais moments pour avoir les bons. Votre révolte contre le système est la plus forte; vous passez votre temps à vous distinguer des autres, à faire tout à l'envers, exprès. Cette situation devient rapidement très inconfortable pour tout le monde : les profs que vous déroutez, les copains que vous snobez et vous-même! D'ici à faire de vous un(e) inadapté(e) scolaire, il n'y a qu'un pas. On inscrira d'ailleurs sur vos bulletins : « ascolaire » et on vous poussera dehors.

Armelle : l'école, c'est pour les bébés !
Pour expliquer son envie de ne plus aller à l'école, Armelle ne voit qu'une raison et une seule : elle ne supporte pas les autres élèves. Surtout les garçons.

Ils sont bébés, ne pensent qu'à s'amuser et ne peuvent tenir aucune conversation digne de ce nom. Leurs préoccupations sont idiotes : le sport, le téléphone mobile et les plaisanteries grasses. Les filles ne rehaussent pas le niveau avec leurs chamailleries, les problèmes de fringues et les aventures sentimentales. Armelle se prétend plus mûre que les jeunes de son âge, et sa mère la conforte dans cette idée en l'amenant sans cesse à l'opéra, au théâtre et à des concerts de musique classique.

Résultat : Armelle est indubitablement cultivée, mais complètement coupée des autres élèves. Pire, l'organisation du collège la révulse. Elle hait les sonneries, le règlement intérieur, la file d'attente à la cantine et les hurlements de la conseillère d'orientation : « Allons, les enfants, vous montez en classe, et en vitesse… »

Armelle en a marre d'être toujours traitée comme une enfant, elle sait ce qu'elle fait, non! Alors, elle joue la rebelle : jamais à l'heure, oubliant sans cesse ses affaires de gym ou rendant les devoirs à n'importe quelle date. Bref, elle prend des libertés qui incommodent tous les profs.

Déjà businessman

Charles, quant à lui, mène une double vie. Il est collégien la semaine et sportif le reste du temps, c'est-à-dire le soir, le mercredi après-midi, les week-ends. Il fait partie de l'équipe de France cadets et il n'y a que ça qui compte pour lui. Les autres élèves lui paraissent gamins, préoccupés par des questions insigni-

fiantes, se noyant dans un verre d'eau et sans aucune force mentale. Quand on est un sportif de haut niveau, le résultat d'un conseil de classe c'est « peanuts ». Il faut dire que, lorsqu'il a entendu *La Marseillaise*, après avoir décroché une médaille, Charles a cessé d'être un enfant pour devenir presque un businessman car, dans son sport, l'argent coule à flots. Charles arrêtera sans doute ses études quand il deviendra junior. Il se paiera des profs qui le suivront lors de ses déplacements, pour lui donner des cours entre deux compétitions, ou sur le tournage des spots pour marques de chaussures pour ados. Il serre la main de ministres, de vedettes, de journalistes et son nom est régulièrement mentionné dans *L'Équipe*. Franchement, l'école, il n'en a rien à cirer, il attend juste le meilleur moment pour démissionner, ses parents et son entraîneur ont déjà prévu la date.

LE VRAI PRIX À PAYER

Pour toutes ces raisons, vous sentez grandir en vous l'envie de ne plus aller en classe, mais vous n'osez pas en parler, de peur de passer pour une racaille, un moins que rien, pis, un délinquant! Livré à vous-même, on vous soupçonnerait de traîner dans les rues, de faire des bêtises, de devenir dangereux pour la société. Les adultes ont une imagination incroyable quand ils se mettent à vous croire en perdition. Cela leur fiche une telle trouille qu'ils préfèrent penser que votre mal d'école, c'est comme le mal de mer, un traitement carabiné et on n'en parle plus! D'abord ils banalisent : « Ce n'est rien, juste un petit caprice… », « Si l'école ne te plaît pas, fais comme moi pour mon boulot, serre les dents… » Ensuite, généralement, les menaces se

précisent : « On va te mettre en pension… », « Si tu ne veux pas travailler à l'école, va gagner ta vie… » Enfin, on dramatise : « Connaissez-vous un bon psy pour mon fils car il ne veut plus aller à l'école? » Sans oublier le spectre du chômage! Vos parents, qui vous veulent du bien, sont terrorisés à l'idée que vous vous retrouviez chômeur. Pour calmer leurs angoisses, il vaut mieux s'arranger pour être dans les meilleures classes, conduisant à des diplômes estimés, pour des métiers enviables avec des revenus conséquents. Si, par malheur, on atterrit dans les pires, celles qui débouchent sur des emplois incertains aux salaires squelettiques, on est accusé de tous les maux.

Autant dire qu'on se retrouve bien seul(e), fille ou garçon, quand on perd confiance et qu'on émet le moindre doute sur ses études… Il n'y a que vous pour savoir vraiment ce qu'il en coûte, pour faire bonne figure du matin au soir, sans y croire, tout en évitant d'inquiéter les adultes.

C'est le cas de Théo. Pour ne pas risquer d'être confronté à un éventuel échec, il ne fait rien. En classe, non seulement il reste en retrait, mais, comme les initiatives des autres le rendent jaloux, il ricane tout le temps. Dès qu'un élève est volontaire, il lui lance des piques. Même les actions des autres le mettent mal à l'aise, et il chahute pour les faire échouer. Il n'a plus goût à rien, c'est un ado inanimé, spectateur apathique d'un film qui l'ennuie.

Fred, quant à lui, se lance à corps perdu dans l'activisme non scolaire, pour se donner une conte-

nance, sans être dupe tout de même. Il est délégué de classe, élu au conseil d'administration, animateur du club photo... Néanmoins, il ne fournit aucun vrai travail. Il n'abandonne pas les études, ce sont les études qui l'abandonnent. Il reconnaît l'impasse dans laquelle il se trouve, mais une réunion de délégués super-réussie... et son optimisme reprend le dessus! Quelques profs prévoient un bon redoublement qui rabaisserait cette vedette de préau à sa juste place d'élève, mais Fred préfère jouer son personnage sympa, aimable, gentil. Il frime, saluant un prof par-ci, discutant avec le CPE par-là, affichant les résultats des élections, siégeant dans toutes sortes de commissions avec M. le principal… Il raconte que ses résultats scolaires ne sont pas son problème. En vérité, son retard s'accroît de jour en jour et il est largué.

Son copain Jules est bon partout sauf à l'école. Il est de belle taille, il est parmi les plus sportifs de sa classe et son allure lui permet d'affirmer qu'il se moque de ses études. Il ment plus ou moins à ses parents, bluffe les profs et se fâche régulièrement avec les copains qui travaillent à l'école et ne cèdent pas à ses invitations à chahuter. Sa mère le sermonne, mais, pour toute réaction, il renforce son personnage de joli sportif qui se soucie fort peu des études et beaucoup plus des filles. Pour contrebalancer ses déboires scolaires, Jules est déjà moniteur dans un club de planche à voile où tous les cadets et les dirigeants l'admirent. C'est à désespérer ses parents : il est bon partout, sauf à l'école! Quant à Pauline, elle s'en veut de ne pas réussir comme elle voudrait. Elle ne supporte pas de décevoir ses parents et elle-même, alors elle se venge sur les autres pour se défouler. Pauline se transforme en terroriste. Elle humilie les élèves sérieux, organise des embrouilles et crée sans cesse une sale ambiance qui a pour effet de remonter les profs contre toute la classe. Pauline se fait à l'idée de redoubler, voire d'être orientée dans un BEP nullard. Elle n'a plus rien à perdre et elle cherche seulement à attirer du monde dans sa chute.

Les élèves qui détestent l'école existent bel et bien, et ils sont en classe avec les autres. Examinons de plus près leurs raisons.

QUAND RIEN NE

UN UNIVERS IMPITOYABLE

TROP DE TRAVAIL !

DES EFFORTS SOUVENT MAL RÉCOMPENSÉS

VOUS MOTIVE

LA PRESSION DES PARENTS

DES PROFS INJUSTES

SALE AMBIANCE

LE PROBLÈME À L'ENVERS

Essayons d'y regarder de plus près : avoir perdu l'envie d'aller en classe, est-ce vraiment ne plus aimer apprendre? Les deux propositions sont-elles équivalentes? La question est de taille. Pour y répondre, il suffit de regarder autour de vous. Que penser des copains un peu moyens à l'école mais curieux de tout, touche-à-tout, musiciens, bidouilleurs en informatique, capables de vous désosser une machine et de la remonter en un tour de main? Oserait-on dire qu'ils n'aiment pas apprendre? Que penser encore de ceux qui se sentent concernés par les affaires du monde, se révoltent contre les guerres, l'injustice, posent des questions sur l'actualité, suivent les informations dans la presse? Ils n'aiment toujours pas apprendre? Poursuivez vous-même l'enquête, vous serez surpris; ne plus avoir envie d'aller à l'école et ne pas aimer apprendre sont bien deux choses différentes. Et si les dégoûtés de l'école ne demandaient qu'à l'aimer? A-t-on jamais rencontré, en effet, quelqu'un de normalement constitué qui n'aime pas enrichir ses connaissances, faire des découvertes, se voir confier quelque secret sur un sujet qui l'intéresse? Ne pas aimer l'école relève donc d'une autre logique.

UN UNIVERS IMPITOYABLE

Si l'envie d'apprendre est restée intacte en vous, d'où vous vient donc ce très fort rejet du scolaire? Une classe n'est-elle pas un rassemblement d'amis du même âge, tous d'accord pour construire leur avenir dans l'entraide et la fraternité, manifestant un désir tout particulier pour l'étude et écoutant scrupuleusement leurs professeurs? Pur fantasme qui fait partie des souvenirs d'enfance de vos grands-parents et des aspirations de jeunesse de vos parents! Non, vous vous apercevez que l'école n'est pas le monde merveilleux qu'on vous faisait miroiter, où chacun trouve une place rêvée. La confrontation à la réalité est quelquefois rude : horaires et consignes à respecter, devoirs, notes, classement, compétition... C'est sans doute pour cela que vous employez le mot « prison » pour parler de votre établissement : « On se sent enfermés, tout le temps surveillés, on ne peut jamais faire ce que l'on veut... », dites-vous. Vous êtes convaincu que l'école préfère interdire, empêcher, entraver, censurer plutôt que de vous simplifier la vie. Vous auriez tort de vous sentir visé et d'y voir une quelconque malveillance à votre égard. Car le plus gros défaut de cette belle institution est de fondre le particulier dans le général : « Je ne veux voir qu'une seule tête! » dit-elle. Les règles sont pénibles, mais ce sont les mêmes pour tous. Prenez le parti de les respecter grosso modo, évitez de vous faire remarquer, vous verrez qu'on vous laissera une paix royale… et le temps de rêver à un avenir plus exaltant, hors des murs de l'école.

POURQUOI FAUT-IL TOUJOURS FINIR LE PROGRAMME?

armi les contraintes dont on vous assomme et qui ne semblent guère vous concerner, on trouve le fameux : « Dépêchons-nous, à ce train-là nous n'aurons jamais fini le programme! » Qui n'a pas été interpellé ainsi une fois dans sa vie de collégien ou de lycéen? Finir le programme est une véritable obsession chez les professeurs. On ne sait pas trop d'ailleurs si cette exigence est pour votre bien ou pour le leur; ne risquent-ils pas de ternir leur réputation auprès des collègues qui reprendront le flambeau l'année suivante en ne terminant pas le fameux programme? « Mais vous n'avez pas vu ça, l'année dernière? »

Ce serait sans conséquences s'il ne s'agissait que de prouesses pédagogiques, mais c'est qu'il faut tenir le rythme, ne pas flancher surtout, et ce n'est pas donné à tout le monde, diantre! Les chapitres d'histoire à avaler pour le prochain contrôle peuvent allègrement enjamber plusieurs royautés. Et tant pis pour ceux qui traînent et mettent un temps infini à recopier la leçon inscrite au tableau ou qui ne savent pas prendre des notes. Comme le programme est lourd – toujours! –, les contrôles sont copieux, fatalement. Gare aux zèbres qui n'arrivent pas à terminer les questions! L'école n'a pas le temps d'attendre.

Alors les problèmes commencent quand vous ne réagissez pas assez vite et que vous comprenez plus lentement que les autres.

C'est le cas de Léo, sa lenteur le poursuit depuis le CP. À l'époque déjà, il n'arrivait pas à écouter et à écrire en même temps, si bien qu'il ne recopiait jamais les leçons correctement, il en manquait toujours un bout qu'il récupérait chez un copain le week-end. Il a fait de gros efforts pour travailler en temps limité, au collège. Tout les devoirs qu'il terminait étaient bons, mais les contrôles en classe restaient désespérément inachevés et cela faisait chuter sa moyenne. « Léo est trop lent », disent les bulletins. En fait, il lui faut surtout du temps pour se conformer aux consignes ; son esprit d'indépendance fait qu'il ne s'y plie pas facilement.

Il n'en faut quelquefois pas plus pour vous décourager tout à fait et vous faire douter de vous : « À quoi bon ? » Vous finissez par douter de votre intelligence, par vous imaginer sous-doué. Vous vous dites que votre « comprenoir » s'est bouché. Résultat : vous jetez l'éponge. Qui n'est pas passé par ce genre d'incertitude ? L'essentiel est d'arriver à prendre de la distance, en faisant la part des choses : « Si j'étais vraiment nul, je n'aurais rien compris à l'exercice, mais ce n'est pas le cas. Ça galope trop pour moi, c'est tout. » Vous avez, au fond, tout à fait raison de refuser ce marathon scolaire, mais les programmes sont les programmes et ils seront toujours trop chargés. Mieux vaut donc améliorer vos performances sur la durée.

TROP DE TRAVAIL !

Marathon, en effet. Si vous voulez respecter scrupuleusement les recommandations de vos professeurs, aux trente-cinq heures de cours hebdomadaires il faudrait ajouter une bonne dizaine d'heures pour les devoirs et une autre dizaine pour vous cultiver et vous informer (lecture, musée, musique, théâtre), sans négliger pour autant votre forme physique, et donc faire aussi beaucoup de sport. En définitive, une semaine de collégien dépasse les cinquante-cinq heures. Certes, vous n'avez pas tous un planning aussi chargé, et certains d'entre vous abusent de la télé ou errent des heures entières dans leur quartier. Mais remarquons tout de même que la tendance générale est au trop-plein. C'est comme la peur du vide, on a l'impression que l'objectif (avoué ou non) est de combler le moindre interstice de temps libre, de crainte que vous alliez traîner, justement, dans le quartier. Et là, les parents sont souvent complices des enseignants. Tant qu'ils sont occupés, ils ne font pas de bêtises, ils ne se droguent pas, etc., pensent-ils en leur for intérieur. Ne serait-il pas plus honnête de leur part d'avouer que tout cela ne sert qu'à calmer leurs propres angoisses? Mais le gavage, c'est pour les oies et vous n'en êtes pas une.

Alban passe sa vie à courir. Le matin pour attraper le bus, à chaque sonnerie pour ne pas rater le début du cours suivant, et au retour de la gym, pour respecter le délai de déplacement. Il doit manger en une demi-heure, son plateau dans une main, le cartable de neuf kilos sur le dos, le bombeur grand ouvert et la carte de cantine entre les dents, pendant qu'une dame lui demande nerveusement : « Frites ou carottes? » Si par malheur il passe trois minutes de cours à l'infirmerie, il doit faire tamponner le bulletin rose chez les pions, ce qui prolonge d'un quart d'heure. En plus, il y a les devoirs tous les soirs, le violon le mercredi et la natation samedi après-midi, et les week-ends sont gâchés par le travail à faire d'avance pour la semaine suivante. La vie d'Alban est un enfer à cause de cette folie scolaire généralisée, à quatorze ans il n'a pas une minute à lui, « parce qu'il taffe à donf tout le temps »!

On ne peut pas grand-chose contre le rythme infernal des cours. Même en délégation au ministère, vous n'arriveriez pas à vous faire entendre, alors dites à vos parents d'arrêter le massacre. Les activi-

tés extrascolaires doivent vous permettre de vous détendre, de relâcher la pression, de vous aérer la tête. Si elles sont calquées sur l'emploi du temps de la semaine (violon de 14 heures à 15 heures, judo de 16 heures à 17h30, avant d'enchaîner sur le cours d'espagnol pour améliorer votre oral), au secours! On a aussi le droit de ne rien faire le mercredi après-midi et le dimanche! Certains savent qu'en sixième vous avez encore besoin de jouer beaucoup, de dormir longtemps et de rêver sans cesse. C'est trop injuste que les adultes n'en tiennent aucun compte.

DES EFFORTS SOUVENT MAL RÉCOMPENSÉS

Passe encore de se tuer à la tâche, pensez-vous, car tous ces efforts seraient vite oubliés s'ils étaient payés de retour. Mais combien de devoirs à la maison restent inexploités? Le scénario qui suit aura sûrement pour vous un air familier.

Vous arrivez du collège, le vendredi soir, la mine défaite car le week-end s'annonce chargé. En plus du travail habituel, il y a une fiche de lecture à rendre pour lundi. La tuile! Vous l'aviez inscrite sur votre cahier de textes depuis longtemps, mais vous faisiez semblant d'oublier. C'était pour plus tard, il fallait lire le livre d'abord. Vous jetez un œil sur les recommandations du prof : présenter l'action et les personnages en étant synthétique, ne pas raconter l'histoire, donner envie. On ne peut pas dire que ça vous inspire, même si vous avez pris soin de choisir un petit bouquin, en pensant que ça serait

plus facile. Vous finissez par solliciter votre mère (ce sont souvent les mères qui sont sollicitées, de très sérieuses études l'ont prouvé…). Bref, cette histoire vous fiche le week-end en l'air, sans parler du dimanche à recopier tout ce que vous avez fait. Lundi, vous vous pointez en cours, assez fier de vous, la fiche de lecture bien en évidence sur votre table, le prof jette un œil dessus et déclare que ce ne sera pas noté car on travaille pour soi et pas pour la note, bien sûr! Votre déception est phénoménale. La prochaine fois, pour gagner du temps, vous feinterez en vous contentant de vagues résumés glanés sur Internet.

Nestor, lui, est épuisé tant il a le souci d'étudier ses leçons régulièrement, de rendre les devoirs à temps et d'appliquer scrupuleusement les consignes des profs. Il n'y a pas assez de jours dans le trimestre, d'heures dans un jour et de minutes par heure pour tout faire avec sérieux, même si parfois il veille tard

dans la nuit. Certes, les résultats sont corrects, mais la fatigue s'accumule. Sa mère le voit bien, elle compte les jours de classe jusqu'aux vacances et parle parfois d'aller voir le médecin « pour un fortifiant ». En plus, le travail de Nestor ne paie pas. Si celui-ci passe un temps énorme à faire un exercice mais que le résultat final n'est pas juste, il récolte une bulle, et jamais on ne lui paie le temps passé à buriner. Il en a marre. On devrait noter les élèves à l'heure.

Morale de l'histoire : à l'instar de Nestor, vous avez l'impression de travailler pour du beurre, de vous défoncer pour rien. Et vous finissez par vous dire qu'il est beaucoup plus rentable de recopier les bonnes réponses sur un copain ou sur Internet. L'envie de ne plus aller à l'école peut s'expliquer par le débordement dont vous vous sentez victime. Le mieux dans ces cas-là est de rester zen : vous avez fait le boulot, vous y avez appris quelque chose, vous êtes satisfait, c'est l'essentiel. Vous étiez paniqué au début du week-end à cause de la fiche de lecture, vous avez finalement compris l'exercice ; dites-vous que ce n'est pas perdu, savoir résumer un texte vous sera toujours utile. Les profs n'ont pas tout à fait tort, au fond ; la bonne philosophie est de se dire qu'on taffe pour soi parce que, souvent, les compliments des autres sur son travail n'arrivent jamais...

SALE AMBIANCE

Certains d'entre vous n'ont, en revanche, aucun problème avec le travail scolaire proprement dit ; vous suivez votre petit bonhomme de chemin, vous n'avez aucune embrouille avec les profs, mais c'est le collège lui-même qui devient insupportable ; chacun y va de ses petits soucis et s'occupe bien peu de savoir si ça va pour vous. Vous en avez assez d'être exposé aux réactions des uns et des autres. Même le prof de sciences, certains matins, fait la tête et devient insupportable, sans parler du prof de gym qui pète les plombs de temps à autre.

Vous rêvez d'un établissement où les élèves et les enseignants seraient paisibles et laisseraient leurs sautes d'humeur à l'entrée, comme dans ces westerns où les clients du saloon déposent leurs revolvers avant de pousser la petite porte battante.

Les notions de bonne ou de mauvaise ambiance sont difficiles à apprécier : une même ambiance apparaîtra critiquable aux uns et acceptable aux

autres. Pour décrire une bonne ambiance, les professeurs parlent généralement de classe tranquille,
d'élèves gentils, unis, attentifs et respectueux des
consignes, mais cette même ambiance pourra être
considérée comme discutable par un professeur qui
préférerait une classe vivante et moins scolaire.
Alors que pour vous, bien évidemment, une bonne
ambiance de classe prend en compte les affinités
que vous avez les uns avec les autres, votre
manière de juger vos études, le travail ou vos relations avec les profs. Par exemple, quand les cours
sont nuls, que le programme n'avance pas et que
toute la classe s'ennuie à mourir, vous pouvez avoir
envie de vous défouler. Vous remarquerez, au passage, que si l'ambiance est mauvaise, les élèves en
sont toujours tenus pour responsables : vous avez
mauvais esprit. Au contraire, quand l'ambiance est

bonne, c'est grâce à l'excellente tenue de l'établissement, la compétence de la direction, la qualité de l'enseignement et le dévouement (voire le sacrifice) de vos professeurs.

Quand la sale ambiance s'installe, tout le monde en fait les frais, le prof chahuté, certes, mais aussi vous car, quelquefois, sans le savoir, vous êtes manipulé par les fauteurs de troubles. Certains élèves organisent un désordre permanent à leur profit, il faut savoir s'en méfier. Ces leaders usent de leur emprise naturelle ou de menaces très réelles pour régner sur vous, en faisant croire qu'ils agissent contre les abus des profs. Comme il est toujours plaisant de voir un enseignant en porte-à-faux, vous êtes prêt à suivre le meneur quand il ordonne des chahuts ou des embrouilles. Mais sous le sucre, il y a le poison. Un agitateur ne travaille que pour lui, sachez-le. Son but est de vous faire renoncer à l'autorité des profs pour vous soumettre à la sienne. Les caïds de collèges qui engrènent de mauvaises relations doivent être combattus. Souvent ils sont odieux parce que leur vie est une souffrance. Alors, pour se soulager, ils prennent les autres en otages. Ils transforment l'humour en moquerie, vous harcèlent sous prétexte de vous critiquer, font glisser une plaisanterie vers l'insulte ou observent vos détails physiques et vestimentaires pour vous juger avec mépris. De temps en temps, ils passent à la violence. Aucune excuse. La dignité de ceux qui sont victimes est plus importante que la loi du silence.

Racket

Félix n'a jamais provoqué Denis, ni aucun autre membre de sa clique, et il ne sait pas pourquoi il est devenu leur proie. Cette situation lui pourrit la vie, si bien qu'il n'a plus envie d'aller à l'école, au grand étonnement de ses parents qui le savent plutôt bon élève. Comme Félix cède chaque fois à l'infâme Denis. Celui-ci, lorsqu'il a besoin d'argent, d'une calculette ou d'un CD, le taxe sous la menace. Ce qui devait arriver arrive. Un jour, Félix refuse d'aller à l'école. Il n'a plus la force de supporter son supplice, d'autant que Denis augmente les sommes exigées et la violence des brimades.

La mère de Félix a découvert le pot aux roses. Elle se doutait bien que la disparition de la casquette, des gants et la soi-disant perte de l'argent de poche n'étaient pas normales. Aussi a-t-elle demandé justice au CPE. Bilan : l'ignoble Denis et les trois autres crapules sont passés en conseil de discipline. Le chef de bande a été renvoyé. Le reste des canailles a écopé d'une peine de substitution. Trois mois fermes. On les verra donc, la mine basse et le dos rond, balayer le réfectoire entre 13h30 et 14 heures. C'est bien parce que Félix a craqué que l'affreux Denis a été démasqué. Vous pensez peut-être en votre for intérieur que Félix est une mauviette et qu'il aurait dû gérer cela tout seul, « entre hommes ». En effet, quand il s'agit de relations d'égal à égal avec un copain, vous avez raison d'assurer, mais le racket n'est pas un mode de relation normal, puisqu'on utilise la menace, la force, parfois la violence, et que vous vous retrouvez seul face à une bande. Là, il n'y a pas d'autre solution que de vous faire aider, à l'intérieur du collège, en allant voir le CPE, le principal, un prof, un surveillant, ou en en parlant à vos parents.

LES PROFS NIENT LES PROBLÈMES

Quelles que soient les raisons invoquées pour avoir envie de faire la grève des cours jusqu'à la fin de l'année (trop de travail, sale ambiance, profs et parents stakhanovistes…), sachez que vous serez peu entendu autour de vous, et encore moins à l'école, à l'origine de votre malaise. La raison en est simple : la France offrant la meilleure éducation du monde à ses enfants (dixit le ministère du même nom), comment expliquer que vous n'ayez plus envie d'aller en classe? En effet, comment régler un problème qui n'existe pas? Le mal d'école est donc une pure fiction, ceux qui en sont atteints sont des affabulateurs, de faux élèves qui inventent le dégoût d'école pour cacher leur absence de capacités pour étudier. En plus, ces faux élèves sapent le moral des vrais qui, eux, supportent les programmes, rendent leurs devoirs à temps et comprennent tout en classe. Ce genre d'attitude, qui consiste à nier le problème pour ne pas avoir à le résoudre, s'appelle « faire l'autruche »… Certains professeurs procèdent ainsi;

non seulement ils ne cherchent pas à élucider votre dégoût pour les études, mais en plus ils le démentent pour ne pas déclencher une épidémie d'« envie de ne plus aller en classe »! Ils peuvent aussi vous rétorquer avec morgue : « Vous n'avez plus envie d'aller à l'école : on ne vous retient pas. »

Là encore, n'allez pas croire qu'il s'agit de malveillance à votre rencontre, mais votre refus d'adhérer à ce que l'on vous enseigne est comme une épine dans la chair des profs. Vous êtes le grain de sable dans les rouages, la preuve vivante que « ça ne fonctionne pas » comme il faudrait. Celui qui n'a guère envie de se remettre en question choisira alors de vous faire partir. Il noircira le tableau et arrivera à convaincre progressivement vos parents de votre inadaptation aux exigences de l'école. Les remarques iront crescendo sur les bulletins, jusqu'à provoquer chez vous une exaspération totale et l'envie de claquer la porte du bahut. Vous serez accusé, en vrac, d'être bizarre, éventuellement de vous droguer ou simplement d'avoir une sale mentalité. On vous recommandera de vous soigner ou au moins de soigner votre communication et d'adopter un comportement plus positif.

C'est évidemment l'exemple extrême, mais il permet de comprendre comment l'attitude un peu trop rigide d'un enseignant, une crispation sur des méthodes qu'il conviendrait de renouveler et la certitude d'avoir raison contre vous peut vous faire emprunter la pente savonneuse du décrochage. Ne vous y laissez pas prendre, comme l'a fait Kevin.

NE PAS SE FAIRE REMARQUER

Kevin n'a aucun problème avec ses parents. C'est cool chez lui, sa mère et son père le laissent libre, ne se mêlent pas exagérément de ses études. Précisément le principal les a convoqués à cause de la « tenue » de Kevin : coiffure rasta, pantalon trop large, et puis cet air tout à fait à l'ouest. Traduction du dirlo : carottes dans les cheveux, pantalon indécent et regard de drogué! Les parents en restent médusés, mais défendent mordicus l'indépendance de leur fils, en avançant quelques principes d'éducation dont le piètre principal n'a jamais entendu parler. Inflexible, il parle d'image de l'établissement et même d'hygiène en faisant une moue qui en dit long sur les dreadlocks. Kevin sait bien que le problème, ce n'est pas ses dreadlocks : quand un enseignant dit n'importe quoi ou donne un travail infaisable, il ne se gêne pas pour lui répondre du tac au tac. Ses propos incommodent tous les adultes et ils se vengent avec leurs moyens : réflexions désagréables, vexations pour lui rabaisser le caquet, corrections hyperdures, si bien qu'il a l'impression que même si son niveau reste correct, il n'aura jamais de bonnes notes. Kevin n'a qu'une envie : quitter ce collège de bourges et de tarés! Aucun prof ne peut l'encadrer et, très franchement, il n'en aime aucun.

Disons-le tout net : trop d'aplomb dans la façon de vous exprimer et un look rasta peuvent jouer en votre défaveur. Ne tentez pas le diable! Que diriez-vous d'une petite coupe de cheveux?

LA PENTE DOUCE DU RONRON

Vous n'êtes pas provocateur dans l'âme, donc vous ne chercherez pas, comme Kevin, à vous faire remarquer. N'empêche que vous êtes aussi critique que lui et vous reconnaissez que certains cours induisent une grande lassitude et peuvent provoquer des envies de sieste. Vous en

avez tous fait l'expérience; le temps paraît très long quand on s'embête. Il y a des jours où vous écoutez attentivement et d'autres où la distraction l'emporte, jusqu'au moment de l'exclamation du prof : « Vous n'écoutez pas, répétez ce que je viens de dire! » Cette remarque vous fait rire sous cape car si vous ne pouvez pas « répéter », le prof, en revanche, rabâche trente-six fois la même chose. Au bout de dix minutes de cours, il ne parle plus que pour les murs. Depuis trente ans, il ressert les mêmes « questions à approfondir à la maison », que les élèves se repassent d'année en année. Il oublie ce qu'il raconte d'une fois sur l'autre. C'est comme cela qu'il vous arrive de bénéficier de deux séances rigoureusement identiques sur un auteur.

La seconde fois, comme vous n'avez pas vraiment l'air concentré, il prononce sa fameuse formule : « Répétez ce que je viens de dire. » Ses formules à l'emporte-pièce n'ayant pas varié depuis qu'il est entré dans l'Éducation nationale, vous avez fini par enregistrer et vous êtes capables de faire le perroquet. Puis le cours reprend, tandis que vous suivez la pente douce du ronron, en recopiant des maths ou en dessinant sur le rebord de votre feuille. La lassitude peut vous gagner pour de bon et vous pouvez perdre l'envie d'étudier à cause de cours insipides et superficiels. Soyons juste tout de même, les cours ne sont pas tous ennuyeux ! Et il est rare que, sur le total des matières enseignées, vous ne soyez pas accroché par un ou deux profs qui, eux au moins « savent vous intéresser », comme vous dites. Ceux-ci compensent ceux-là...

SEPT INTERROS DANS LA SEMAINE !

C'est à n'y rien comprendre : les profs avaient fait de grandes déclarations en début d'année, à la réunion où étaient conviés les parents ; l'équipe pédagogique s'engageait à coordonner le calendrier des contrôles afin que ceux-ci soient également répartis sur le trimestre. Pas d'engorgement, craché, juré, tout cela sentait l'organisation. Il faut dire que les délégués, parents et élèves, s'étaient plaints à la direction de la mauvaise coordination entre enseignants les années précédentes. Et voilà que, depuis une semaine, vous ne décolérez pas : pour boucler le programme et faire les moyennes du trimestre, vous vous retrouvez avec sept interros la même semaine, dont trois en un jour! Envolées les belles promesses, c'est de nouveau chacun pour soi, les profs ne se parlent plus et pas question d'être conciliant. Vos délégués de classe ont réclamé un report de date, qui a été refusé; chaque enseignant a de bonnes raisons à avancer pour sauver son

propre planning. Vous n'avez plus la foi, vous commencez à fatiguer, le découragement vous gagne ; si les profs ne font pas d'efforts, pourquoi en feriez-vous ? Vous devenez tacticien, vous commencez à faire de savants calculs pour savoir quelle matière laisser tomber : la techno, le dessin, la musique, le latin ? Et qu'on n'aille pas vous dire, la bouche en cœur, au conseil de classe : « Attention, toutes les matières sont importantes. » Mon œil !

Passé ce moment de découragement et sachant que vous ne pourrez rien contre l'inertie d'un établissement scolaire – vos aînés s'y sont attelés avant vous sans grand résultat, dites-vous que vous ne serez jamais à l'abri de ce genre de choses et qu'il vaut mieux cesser de se monter la tête ; les contrôles, c'est l'obsession des profs ; ils en ont besoin pour leurs moyennes, le plus rentable pour vous est de travailler toute l'année pour avoir le plus de chances de réussir. Prendre un peu de distance avec les lubies professorales est la meilleure façon de supporter l'école, comme on va le voir tout de suite.

L'ARBITRAIRE DE LA RÈGLE

Il n'y a rien de plus insupportable, me direz-vous, que d'avoir à se soumettre à des règles que l'on juge, intérieurement, arbitraires. Le « c'est comme ça et pas autrement » passe difficilement. Vous vous demandez parfois si les manies de vos profs ne sont pas une manifestation d'autorité superflue, et l'on ne peut pas vous jeter la pierre ;

certains imposent leur routine en l'appelant pompeusement « méthodes » et, de surcroît, ils ne sont pas d'accord entre eux. Les exigences de l'un passeront pour broutilles aux yeux d'un autre qui, parallèlement, défendra mordicus ses propres convictions. Et il en sera toujours ainsi, c'est une donnée de base. Résultat : vous devez faire preuve d'une adaptabilité hors pair d'un cours à l'autre, ce qui peut, entre parenthèses, se révéler fort utile plus tard dans la vie. Selon les cas, il vous faudra donc utiliser le classeur ou le cahier, corriger en vert ou au crayon, tracer une marge à droite ou à gauche, sauter une ligne en haut ou en bas, reporter la date sous votre nom ou ailleurs, demander l'autorisation pour vous déplacer en classe ou, au contraire, le faire discrètement sans interrompre le cours... On pourrait s'amuser ainsi longtemps mais, en vérité, cette confrontation à l'arbitraire de la règle est une expérience essentielle, irremplaçable ; elle vous fait toucher du doigt les notions de juste et d'injuste, de bon et de mauvais, de raisonnable et d'irrationnel, etc. Il faudra vous plier à toutes ces directives pas toujours assorties d'arguments motivés, au nom de la liberté de tout prof d'utiliser les techniques qu'il veut.

Nadège n'est pas du genre frondeur ; qu'on la traite de rebelle lui semblerait très étonnant. Elle veut bien faire ce qu'on lui demande mais elle a besoin pour s'exécuter d'une petite explication, pas grand-chose, juste le pourquoi du comment. Il ne s'agit pas de se justifier – tout adulte raisonnable n'a pas d'exigences déraisonnables, n'est-ce pas ? –, mais de donner sens à la demande. Exemple : « Je souhaite que vous vous procuriez *L'Avare* de Molière en Classiques Hachette, de préférence à toute autre édition parce que... », plutôt qu'un cinglant : « Même si vous possédez une autre édition à la maison, je tiens au Classiques Hachette, point barre. » Nadège n'en peut plus. Ses profs demandent du matériel spécial, imposent des bouquins hyper précis, sans justifier la moindre de leurs exigences. Ça la tue! Se plier au joug de l'arbitraire développe chez elle une progressive aversion pour les études. Elle ignore encore que la confrontation à l'injustice débute sur les bancs de l'école et se poursuit tout au long de l'existence. Lâcher l'école ne vous met donc pas à l'abri de cette humaine expérience.

RESPECTER LES ÉLÈVES

Certains grands spécialistes chercheront des causes profondes et métaphysiques à votre envie de ne plus aller à l'école, et vous leur avouerez simplement que vous ne vous sentez pas respecté dans ce lieu censé être conçu pour vous. On vous serine à longueur de journée que vous devez respecter les profs, le matériel, les sonneries, le silence, les consignes d'évacuation, la façon de présenter les copies, les dates de devoirs, et vous êtes en droit de vous demander parfois si, à l'inverse, le collège vous respecte. Le plus souvent, votre vie de collégien est faite de files d'attente interminables pour déjeuner, d'infirmerie fermée un jour sur deux, de gymnase sans vrais vestiaires, de foyer fermé, de W.-C. d'apartheid, les uns réservés aux adultes, les autres aux élèves, de classes mal balayées, d'ordinateurs en panne et de cantine dégueulasse…

Maëlle préfère utiliser des W.-C. propres plutôt que les latrines infectes et sans papier destinées aux élèves. Elle a trouvé une astuce : elle va au premier, dans les sanitaires réservés aux professeurs; le net-

toyage est garanti plusieurs fois par jour, ça sent le propre, il y a du papier à volonté et un immense miroir. Évidemment Maëlle est en infraction. « Ce n'est pourtant pas normal que les W.-C. des élèves soient sales, sans papier et avec des portes qui ne ferment pas », s'indigne-t-elle. Il y a beaucoup de Maëlle parmi vous, mais vous n'osez pas faire comme elle ; vous rongez votre frein et attendez d'être chez vous. Ne s'agit-il pas, pourtant, de règles d'hygiène élémentaires, sans parler du respect de votre intimité, de votre corps ? Il paraît que ce sujet est tabou au ministère de l'Éducation, on se demande pourquoi… Ils vont sûrement créer une commission pour se pencher sur la question.

Votre malaise scolaire est, la plupart du temps, directement lié aux notes et aux appréciations inscrites sur vos bulletins. Vous découvrez que la notation n'est pas une science exacte et qu'un 14 sur 20 chez Mme Ducoin ne vaut qu'un 10 sur 20 chez son collègue Lasserre. Des incohérences difficilement acceptables pour des âmes éprises de justice, comme vous, car elles donnent, en définitive, plus d'informations sur le profil des enseignants (M. Truc sacque, Mme Machin est cool) que sur le vôtre. Relativité, quand tu nous tiens !

Il en va de même des appréciations sur les bulletins ou des conseils d'orientation ; cherchent-ils vraiment à rendre compte de manière précise de vos acquis et de vos lacunes ? Un : « N'a rien à faire dans cette classe », peut définitivement démotiver. Nous vous proposons de chercher l'erreur à travers les portraits qui suivent. Comme il ne faut pas généraliser, chaque cas est spécifique.

– Sylvestre redouble sa troisième, « à cause des maths ». Cette année, il refait les mêmes exercices, les mêmes textes et il réentend les mêmes cours, à la virgule près, au soupir près. Quelques-uns de ses enseignants, un peu gênés, reconnaissent qu'il doit s'ennuyer. Dans le fond, comme dit le prof de physique : « Vous auriez pu passer en classe supérieure, cette année-ci est une perte de temps pour vous. » Comment peut-on être sûr, en effet, qu'un redoublement vous sera profitable ? En attendant, vous vous estimez de bonne composition et vous acceptez la situation avec philosophie, à moins qu'il ne vous prenne soudain l'envie de tout plaquer car ce redoublement, c'est un peu le quitte ou double. En effet, des études très sérieuses montrent que cette exception française n'a pas fait ses preuves sur le plan strict des apprentissages, tout au plus permet-elle à certains d'être plus à l'aise dans leurs baskets et d'avoir une vie sociale très épanouie l'année du doublement. Ce qui n'est pas le moindre des avantages, tout de même ! Donc,

profiter de cette pause forcée est probablement la moins mauvaise solution.

– Dur, dur, d'être un élève. Grégoire est carrément dégoûté ; aucun prof ne s'occupe jamais de donner un seul conseil sur l'orientation ou sur le choix des options, sauf s'il s'agit de prêcher pour sa propre paroisse. On connaît les campagnes de recrutement de tel prof d'allemand ou de latin qui s'inquiète d'une certaine désaffection pour sa matière. En dehors de ces cas d'espèce, les indécis sont expédiés chez le conseiller d'orientation. Celui-ci, à cheval sur plusieurs établissements, ne reçoit que le mardi de 14 heures à 16 heures et sur rendez-vous. Autant dire qu'il faut prendre son tour très longtemps à l'avance. Une fois reçu(e), la question-piège tombe : « Quel est ton projet professionnel ? » Si vous répondez de façon hésitante, c'est fichu. Comment définir votre « profil »? On vous conseille de réfléchir et de revenir en deuxième session. Si vous êtes trop déterminé, faites attention de ne pas viser trop haut, vous risquez d'avoir des déconvenues...

Qu'il s'agisse de carrière future ou de deuxième langue vivante, la technique est la même : à la va-comme-je-te-pousse, par ouï-dire et on-dit. La crédibilité des adultes peut en prendre un sacré coup, alors qu'il suffirait d'un minimum de concertation entre profs pour vous guider de manière cohérente dans vos différents choix.

Il ne faut pourtant pas croire qu'il s'agit d'indifférence ou de malveillance volontaire de la part de vos enseignants. Soyez honnête avec vous-même :

seriez-vous capable d'entendre en face les reproches qu'ils vous adressent? Si un prof se montrait trop direct à votre égard, la vérité pourrait vous blesser et vous démoraliser. C'est pourquoi, sous couvert d'adoucir le propos, on parlera de vous comme d'un élève rêveur, manquant d'autonomie, de méthode de travail ou ayant des lacunes à combler… Autant de jugements qui n'ont rien d'agressif, mais qui, dans un conseil de classe, au moment d'une orientation ou d'un passage en classe supérieure, ne permettent pas de cerner votre fameux profil et jouent donc en votre défaveur. C'est pourquoi il vaut toujours mieux relativiser l'impact d'une notation ou d'une appréciation car vous ne serez jamais à l'abri d'une surprise! Tel prof censé vous « descendre » se montrera amène, tel autre plutôt gentil en classe se révélera d'une intransigeance insoupçonnée.

TU SERAS OUVRIER COMME TON PÈRE !

es phrases assassines du bulletin ont fait leur effet, vous êtes orienté. On refuse que vous continuiez votre scolarité dans la filière générale. Vous subissez un véritable traumatisme, proche du sentiment de persécution. Vous êtes obsédé par une seule idée : pourquoi moi ? Que me reproche-t-on ? Qu'ai-je fait pour devoir endurer une orientation ? Se retrouver dans une voie que l'on ne veut pas enlève définitivement l'envie d'aller à l'école. Des conseillers charmants et des profs compatissants auront beau glorifier l'électronique ou la mécanique, vous refusez de passer en lycée professionnel et aucun bac pro ne vous attire. Pourquoi, diantre, imaginer qu'être mauvais en maths et en français vous rend bon en menuiserie ou en soudure ? D'ailleurs, les « spécialistes » ont beaucoup de mal à justifier leur décision ; comment expliquer à Medhi qu'on lui refuse la seconde générale, alors qu'on y admet Pierre, qui obtient des notes inférieures aux siennes ? Medhi a un argument de poids : son père est ouvrier, alors que celui de Pierre est professeur de médecine. Les profs sont gentils avec Medhi ; ils ménagent sa susceptibilité, font attention de ne pas le sacquer mais, au moment crucial de l'orientation, l'origine sociale de Medhi ne joue pas en sa faveur, même si elle n'est pas décisive car les études demandent les mêmes performances à tous les élèves, qu'ils aient une famille très cultivée ou des parents non diplômés. « Medhi n'est pas favorisé par son environnement culturel ; ce serait l'envoyer au casse-pipe que de lui faire miroiter des études supérieures », disent avec empathie ses enseignants. Pourquoi Medhi ferait-il des efforts, si sa voie est déjà toute tracée ?

Tout le monde peut se tromper !

Le père de Brice est routier, celui d'Aurélien chercheur en neurobiologie. Les deux garçons sont plus que copains, presque frangins, depuis la maternelle. Ils se ressemblent un peu et sont toujours

ensemble, si bien que plusieurs profs croient qu'ils sont vraiment parents. Brice ne pige pas pourquoi il est meilleur qu'Aurélien à l'école. À la maison, on ne l'aide jamais, son père est toujours sur la route et sa mère travaille tard le soir. En revanche, Aurélien a des cours particuliers et une fille au pair à domicile. L'histoire de l'oncle Daniel est donc fausse. D'après lui, c'est le niveau des parents qui permet à un enfant d'avoir ou non de bonnes notes à l'école! Et le terrible tonton d'ajouter qu'il n'y a aucun fils de chauffeur à Normale sup, à cause « des origines sociales ». Brice s'en moque, Aurélien et lui-même seront informaticiens. Les fils de routier aussi bien que ceux de neurobiologiste peuvent s'occuper de logiciels, non? Le tonton Dany en reste bouche bée. Heureusement que la reproduction sociale, ça ne marche pas à tous les coups!

FAMILLE TROP : LE PÈRE, LA MÈRE, LE GRAND-PÈRE, ETC.

Être élève n'est pas une sinécure puisque cela implique nécessairement de rendre des comptes à l'école et à ses parents ; jouer sur les deux tableaux n'est pas toujours facile. Et, souvent, la famille, au lieu d'apaiser les tensions, en rajoute ; son rôle est plus fréquent qu'il n'y paraît dans l'envie de ne plus aller à l'école, comme on va le voir.

Premier constat de base : si les parents restent des parents, automatiquement le climat est affectif et donc très irrationnel. Il convient alors de se méfier de trois pièges : être victime d'éleveurs de champions, compenser les frustrations de ses parents, devenir l'otage des dissensions du couple.

Pour mesurer l'impact de vos études sur l'atmosphère familiale, il suffit d'évoquer l'effet produit par l'annonce d'un mauvais résultat scolaire au moment où toute la famille est réunie autour de la table. Succès garanti, n'est-ce pas? Le geste se fige au-dessus de l'assiette, la déglutition se fait mal, personne ne trouve plus ses mots, le silence est pesant. C'est pourtant souvent le moment que vous préférez pour les bonnes nouvelles : « J'ai eu un 2 en histoire », « Je ne passe pas », « Je suis collé samedi », etc.

Cela se confirme tous les jours ; l'école développe un stress inimaginable au sein des familles. D'ailleurs, certains parents donnent l'impression d'aimer plus les résultats scolaires de leur enfant que l'enfant lui-même. Ce sont eux qui le contaminent avec leur mal d'école. Au lieu de protéger leur fils ou leur fille, ils lui transmettent la panique des études, la frayeur des examens, la peur des profs, la vénération des notes, parfois, le mépris de leurs camarades, au nom d'une compétition sans merci.

Le résultat de telles manœuvres n'est pas toujours celui escompté. On peut être dégoûté des études à cause de l'emprise de ses parents qui se conduisent comme de véritables intégristes scolaires. Vous voulez les rendre heureux en leur rapportant de bonnes notes. Mais comme vous n'en obtenez pas assez à leur gré, vous croyez être devenu(e) un mauvais fils ou une mauvaise fille.

Peur de décevoir

Laura aime ses parents et ses parents l'adorent. Les résultats scolaires de leur fille les comblent depuis toujours. Tout baigne dans cette famille où le père est ingénieur et la mère professeur des universités. La jeune fille a même sauté une année en primaire et elle garde son avance encore aujourd'hui. Mais cette situation n'a pas l'air d'épater les profs de son nouveau lycée, l'un des plus réputés de France. D'ailleurs, dans la classe de Laura, il y a au moins dix autres élèves qui ont un an d'avance, sans compter Émeline, Béranger et Ella qui en ont deux. En plus, en anglais, la matière préférée de Laura, Alexandra et Tom sont bilingues et ont vécu plusieurs années aux États-Unis. Quelques semaines après la rentrée, Laura, qui est toujours aussi intelligente et travailleuse qu'auparavant, reste une « bonne élève » mais cesse d'être une « excellente élève ». Elle craint de décevoir ses parents. Pour l'instant elle s'accroche, mais c'est

dur et, par moments, elle n'a plus envie d'aller à l'école.

Une idée reçue voudrait que seuls les mauvais élèves décrochent. L'exemple de Laura montre qu'il n'en est rien ; on peut être arrivé au sommet de la réussite scolaire et craquer complètement en perdant la première place. Perdre sa place, c'est perdre la face ; tout d'un coup, on ne se sent plus rien. On peut être envahi par de tels sentiments quand, précisément, la seule motivation est d'être le premier, le meilleur, ce qui n'a rien à voir avec le goût de l'étude. On a vu des Laura tomber dans de graves dépressions nerveuses. Méfions-nous donc des parents super-coaches qui donnent une tournure savante au moindre problème de la vie familiale! Leur obsession d'instruire n'assure pas automatiquement l'entrée dans une grande école. Inversement, on connaît des jeunes dont l'éducation ne fut qu'un long éclat de rire et qui sont aujourd'hui dans l'élite.

COMPENSER LES FRUSTRATIONS

Un deuxième piège se met en place quand les parents veulent réaliser leurs rêves perdus par l'intermédiaire de leurs enfants. D'ailleurs, ces derniers ne sont pas dupes. On les entend souvent dire : « Tu veux que j'aie des diplômes parce que tu n'as pas pu faire d'études ! »

La mère de Constance confond aimer sa fille et revivre sa propre enfance. Elle l'utilise pour se consoler de vieilles déceptions. Constance n'a pas envie de devenir médecin. Elle tente d'expliquer qu'il n'est pas question de se sacrifier pour compenser les frustrations de sa mère. Mais cette dernière ne baisse pas la garde : elle décrit par le menu la joie qu'elle ressentirait en sachant que Constance vole au secours de l'humanité malade... Ces parents-là ne font pas le mal volontairement, mais, en se crispant sur un certain choix d'études, ils tentent de vivre à travers leur enfant ce qu'ils n'ont pu réaliser plus jeunes, sans se rendre compte qu'ils l'empêchent ainsi de devenir lui-même. Bien souvent, vous êtes assez finauds pour faire capoter ces projets fous et vous finissez par pardonner à vos parents leur maladroite obstination.

Heureusement, il est de plus en plus rare de vous voir vous engager à contrecœur dans des voies non désirées pour faire plaisir à vos parents. L'ère est à la négociation. N'empêche qu'il peut être désastreux de se résigner ; sachez, et faites savoir à vos parents, qu'on ne gagne jamais rien à aller à l'encontre de ses propres rêves. Plus vous serez déterminé, moins on essaiera de vous influencer.

OTAGE

Enfin, le troisième piège apparaît lorsque vos parents règlent les comptes de leur propre couple sur votre dos. Votre scolarité étant, comme on vient de le voir, un enjeu extrêmement sensible, ce sera le terrain de prédilection des affrontements maternels et paternels. Vous devenez l'otage des rivalités de vos parents. Pour peu que vous manifestiez une lassitude passagère pour vos études, trouvant les profs barbants et les élèves immatures, votre mère, fille de l'école républicaine, restera inflexible à vos plaintes, « car, de nos jours, que peut-on espérer sans le bac ? ». Elle vous enjoindra de prendre votre mal en patience et de finir votre scolarité sans maugréer. Tandis que votre père, pour faire bonne mesure, vous incitera vivement à quitter cette classe de débiles, se montrant prêt à vous payer une école privée très coûteuse, pour vous extraire de ce bourbier. Immolé sur

l'autel de leur discorde, vous savez qu'écouter les conseils de l'un, c'est trahir l'autre. Que faire dans cette situation délicate? Vous réalisez qu'il n'y a pas d'issue; accepter l'école privée, c'est voir surgir de nouvelles histoires d'argent, alors que vos parents passent déjà leur temps à se chicaner sur la pension alimentaire, le paiement d'un stage de ski ou le remplacement de votre ordinateur. Dire non à votre père, c'est vous exposer à des remarques acerbes sur votre manque d'ambition dans la vie, que vous tenez naturellement de la branche maternelle. Vous ne voulez pas être la cause de nouvelles disputes, alors vous faites croire que vous ne savez pas ce que vous voulez. Vos parents sont odieux, parfois, sans le savoir, persuadés qu'ils font « tout » pour votre bien. En réalité, chacun fait l'impossible pour empoisonner l'autre, pendant que vous perdez pied et ne croyez plus en rien. Les solutions proposées n'étant pas de vrais choix, vous prenez la tangente et une simple lassitude se transforme, dans ce cas, en vrai décrochage.

L'envie de ne plus aller à l'école ne doit pas être vue comme une opposition futile contre les études. Elle est, le plus souvent, le résultat d'une longue déception qui entame votre moral lorsque vous ne trouvez pas, en classe, les conditions minimales pour étancher votre soif d'apprendre, votre envie de progresser et de travailler.

Que faire pour tenir bon, malgré tout ?

POUR QUE ÇA

TEMPS LIBRE

SAVOIR FAIRE DES COMPROMIS

PRENDRE DU RECUL

SE PASSE MIEUX

TOUS CAPABLES

PARLER DE SON MALAISE

SE DÉSTRESSER

Objectivement, l'année scolaire ne devrait pas vous fatiguer. Faites le calcul vous-même. Sur une période de 365 jours (soit 8 760 heures), l'école programme 1 188 heures de cours, en 36 semaines (soit 13 % du temps total de vie). Si l'on déduit la fin du mois de juin, les grèves de profs et autres perturbations, il ne reste plus que 1 000 heures (11 %), auxquelles s'ajoutent 250 heures de devoirs (3 %). En résumé, d'après ces calculs, vous travaillez, pour vos études, 1 250 heures (14 % du temps total de votre existence). Le solde positif de temps libre tourne donc autour de 7 510 heures (86 %) dont il faut retrancher 3 285 heures de sommeil (37 %). Ce qui laisse un temps éveillé hors école de 6 625 heures (75 %). Les chiffres parlent : l'école n'avale pas « tout » votre temps. Donc si vous avez l'impression que vous n'avez plus aucun instant de liberté, le problème se cache ailleurs.

LES INTERSTICES DE LIBERTÉ

Comme cela vient d'être prouvé, vous avez le temps de faire d'autres choses en dehors de l'école. Profitez-en pour faire le point dans votre tête ; ce dégoût d'école vous vient d'où, à votre avis ? De vos résultats scolaires ? De l'attitude de vos parents, qui semblent conditionner leur affection à vos résultats ? De l'établissement, dans lequel vous ne vous sentez pas à l'aise ? Réfléchissez sur chaque variable l'une après l'autre. S'il s'agit des notes obtenues jugées insuffisantes, quelques cours particuliers devraient les améliorer et, de ce fait, diminuer votre dégoût pour l'école. Cela évacue du même coup la question des parents. Pour ce qui est de l'établissement, ce peut être une bonne solution d'en changer, comme on le verra plus loin.

NE JAMAIS GARDER LE MAL D'ÉCOLE POUR SOI

En attendant, la première ruse contre le mal d'école, c'est de ne jamais le garder pour soi. Vous avez peut-être l'illusion que l'enfouir au-dedans de vous va le faire disparaître comme par enchantement, mais, malheureusement, c'est plutôt l'inverse qui se produit : plus vous cherchez à le dissimuler, plus il vous prend la tête et gâche votre quotidien.

Quand les études se font de plus en plus insupportables, il faut en parler, sans attendre de mettre en péril votre avenir. Confiez-vous à un copain, qui

saura plus facilement se mettre à votre place et qui ne mâchera pas ses mots s'il trouve que vous êtes sur une mauvaise pente. Les vrais potes sont ceux qui sont capables de sortir de leur réserve pour vous dire que vous avez tout faux parfois, même en vous brusquant un peu. Leur avis est toujours bon à entendre, il n'y a pas d'autres enjeux pour eux que de vous aider. Vous pouvez aussi choisir comme interlocuteur un adulte en qui vous avez confiance; ce peut être quelqu'un de l'établissement, un CPE, un conseiller d'orientation, voire un prof, mais aussi quelqu'un d'extérieur à l'école, le médecin de famille, le pédiatre qui vous suit depuis votre jeune âge et qui vous connaît si bien, un tonton à qui vous vous confiez facilement. C'est une démarche beaucoup moins évidente car vous vous faites tout un monde de cette société d'adultes qui, décidément, ne comprennent rien à vos soucis! Et comment leur expliquer que vous souffrez d'être disqualifié à leurs yeux? Cependant, si vous allez vers eux, vous serez surpris de l'écoute de certaines personnalités réfrigérantes, flattées que l'on vienne à elles; elles se mettront en quatre pour trouver des solutions, discuter de vos faiblesses et de vos atouts. Vos parents ne doivent pas ignorer cet état de fait. Allez vers celui des deux susceptible de vous écouter sans décharge émotionnelle excessive, en choisissant votre moment. Aucun parent normalement constitué, même le plus irréductible, ne sera insensible à votre malaise.

S'il sent qu'il ne trouve pas les mots pour vous parler et que c'est un sujet trop sensible à aborder entre vous, il aura peut-être l'idée de vous emmener chez une personne dont c'est le métier d'écouter et qui, en plus, est extérieure à la famille, à l'école, etc. Sachez que le premier motif de consultation chez le psychologue concerne la scolarité. Vous n'êtes donc pas un cas exceptionnel et n'avez pas de honte à avoir. Le plus souvent, en effet, ce sont les parents qui décident de vous envoyer chez le psy car ils ne comprennent plus rien à vos baisses de moral, qui vont de l'abattement à l'excitation, en passant par l'indifférence totale.

Ils préfèrent s'en remettre à un spécialiste du mental. Deux, trois consultations suffisent, la plupart du temps, à régler votre problème.

Il se peut même que, vos parents continuant à s'inquiéter, le psy leur conseille d'aller consulter à leur tour pour calmer leurs angoisses et éviter de vous les communiquer! C'est ce qui est arrivé à Pierre. Le psy a même ajouté, devant le garçon, en fixant le père et la mère, tour à tour : « Pour prouver à Pierre que vous l'aimez bien plus que ses études, êtes-vous prêts à le laisser quitter l'école? » C'est un test intéressant, à utiliser cependant avec parcimonie pour ne pas le transformer en chantage. Cela dit, il permet de crever certains abcès et de dédramatiser certaines situations tendues. En mettant en avant le pire de ce qui peut vous arriver, vous forcez vos parents à se positionner, ce qui contribue à vous rassurer mutuellement.

SAVOIR FAIRE DES COMPROMIS

Même s'il a fallu l'intervention d'un médiateur (un autre adulte, un enseignant, un psy...), le but final est d'arriver à un arrangement acceptable pour vos parents et pour vous.

Généralement, vos parents ne sont pas spécialistes de l'orientation; ils ne connaissent pas bien les programmes, et la pédagogie n'est pas leur domaine de prédilection. De plus, ils se montrent quelquefois maladroits avec vous, sans s'en rendre compte, surtout lorsqu'ils abordent des questions délicates.

Peu importe la manière, leurs crises d'autorité vous sont utiles. Elles permettent la rébellion, vous obligent à réagir, à trouver les arguments; en discutaillant, vous faites fonctionner votre intelligence, vous apprenez à formuler des critiques. De leur côté, vos parents ne seront pas insensibles à vos arguments, ils savent qu'ils n'ont aucun intérêt à vous imposer une décision contre votre gré. Habituellement, des pourparlers permettent d'exprimer des divergences et aboutissent à des arrangements. C'est souvent parce que vous vous sous-estimez que vous choisissez des filières bâtardes : par exemple, un BTS en génie civil au lieu d'études d'architecture qui mèneront à un diplôme reconnu. Votre attirance pour les chemins de traverse (vocation pour le dessin ou le théâtre) relève quelquefois d'un manque de confiance en soi que des parents normalement constitués essaieront, par tous les moyens, de corriger. Il ne serait pas très malin de tenter de les mettre au tapis en un chantage, du style : « Si je ne quitte pas le collège pour une école de théâtre, à temps plein, je ne travaillerai plus en classe… » De leur côté, votre père et votre mère manqueraient de doigté en répondant : « Puisque tu vois les choses comme ça, tu partiras en pension, avec une seule sortie par trimestre! »

Inutile donc de vous buter sur une injonction « à prendre ou à laisser », tentez plutôt de couper la poire en deux : je veux bien continuer l'école, mais à condition de prendre des cours de théâtre le samedi et durant les congés scolaires.

PRENDRE DU RECUL

Quand vous sentez que vous commencez à ne plus maîtriser la situation, qu'un rien vous déstabilise, qu'une remarque au passage (« On va être interrogés sur tout le programme de géographie, as-tu révisé? » ou « Sais-tu que le dernier devoir de maths va compter pour la moyenne? ») fait grimper votre stress, ne vous laissez pas impressionner, apprenez à prendre du recul. Vos camarades de classe auront toujours tendance à évacuer leur propre anxiété sur vous, c'est commode, ne les écoutez que d'une oreille.

Vos enseignants, sous prétexte de réveiller votre ardeur au travail, n'hésitent pas à vous faire flipper en annonçant des contrôles surprises, tandis que vos parents s'affolent à la moindre chute de régime ou descente dans le classement.

Rien de tel qu'un travail régulier pour éviter ces crises de panique ; ainsi, on n'est jamais pris en défaut. Et comme un devoir qui fournira l'unique note du trimestre dans une matière importante a le droit d'induire plus de stress qu'une petite interro

de routine, il est important d'apprendre à évaluer l'enjeu exact de chaque exercice, sans vous laisser avoir, à la moindre occasion, par le cinéma des autres. Adaptez la méthode à ce qui vous est demandé. Certains enseignants préfèrent vérifier si une leçon est sue en interrogeant toute la classe à l'écrit chaque semaine : cela ne doit pas vous dérouter, c'est le train-train de la classe. Pour un contrôle digne de ce nom, qui porte sur une partie du programme et non sur une leçon : repérez la date, prévoyez des moments de révision, sans téléphone ni musique. Concentration. Le jour J, préparez des feuilles de copie d'avance, un stylo qui marche et une montre à l'heure. Ce type de programme est un remède garanti contre le stress.

SE DÉSTRESSER

l y a aussi quelques exercices rudimentaires qui peuvent vous aider à déstresser. La formule en est simple : faire face à des situations que l'on n'aime pas affronter. Plus vite dit que fait, direz-vous. Effectivement, on ne va pas spontanément vers ce qui nous procure de la gêne et du déplaisir. C'est pourquoi il ne faut pas hésiter à accepter l'aide de son entourage.

C'est le cas de Baptiste. Comme il redoute d'écrire, sa sœur le fait s'exercer. Dans un cahier, il marque ses idées sur divers sujets et ils en discutent ensuite. En plus, elle le fait parler « en public », notamment lorsqu'il y a des invités à la maison. Elle ne cherche pas à le mettre dans l'embarras mais à le prémunir contre la tension qui lui enlève ses moyens en classe. Sans lui faire violence, à la rigolade, elle l'amène, petit à petit, à se contrôler. Récemment encore, elle lui a fait demander des renseignements au vendeur d'un centre commercial au lieu de le faire elle-même. Se forcer un peu dans divers moments ordinaires aide ensuite à affronter les circonstances difficiles de l'école.

SAVOIR DÉCODER

 oici encore quelques suggestions pour ne pas couler à pic. D'abord, prendre le temps de bien décoder ce que demandent les profs : décortiquer les questions, les sujets, les textes, les énoncés, non seulement en écoutant en classe, mais aussi en lisant les recommandations à la lettre. Ensuite, écrire une succession d'étapes dans le travail à faire : recopier ceci, répondre à cela, souligner ce que l'on ne pige pas. Enfin, éliminer les obstacles, se renseigner, repérer les gens qui savent…

Camille détient ces secrets de sa prof de français, qui les a elle-même expérimentés quand elle était élève. Les notes de Camille n'ont pas fait de bonds spectaculaires, mais une chose est sûre : celle-ci s'est prise au jeu, ne se laisse plus décourager et se rend en classe, rassurée et contente. Cerise sur le gâteau : ses profs disent qu'elle est une élève adorable, très soucieuse de bien faire…

SE GROUPER

Mais les solutions ne sont pas toujours individuelles. Souvent, l'union fait la force. Si vous restez bloqué sur un devoir, si vous êtes hermétique à un énoncé, si vous êtes nul en langues, n'hésitez pas à contacter les copains et n'ayez pas peur de les solliciter sur vos éventuelles lacunes. Il n'y a pas de honte à se faire aider, bien au contraire. Il faut traiter par le mépris tous ceux qui vous regardent de haut ou vous évitent quand vous leur demandez quelque chose. La propriété privée des connaissances n'existe pas ; le savoir est un bien commun à partager. Untel dépasse tout le monde en anglais parce que sa mère est américaine. Un autre, dont le grand frère est étudiant, réussit toujours en maths. Vous êtes un as sur Internet... Et ainsi de suite dans tous les domaines. Pour lutter contre la peur de se planter, on doit compter sur les potes. Travailler ensemble, s'expliquer les cours mutuellement, échanger des idées, bref, il faut savoir donner pour recevoir à son tour. Quitte à allonger la note de téléphone, moins vous restez seul avec une difficulté, mieux vous vous en débarrassez. Il ne s'agit évidemment pas de copier les uns sur les autres, mais seulement de s'entraider loyalement, parfois seulement en discutant. Il faut savoir sortir de la perception étriquée des parents et des profs qui voient une classe comme un attroupement de jeunes dont les plus gros doivent manger les plus petits. Et si vous refusiez de vous dévorer entre

vous? Pourquoi faudrait-il donner raison aux élèves abjects qui enfoncent les autres, méprisent leurs copains, refusent le partage et se comportent comme des requins tueurs?

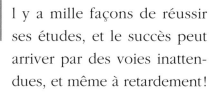

UN SUCCÈS EN ENTRAÎNE UN AUTRE

Il y a mille façons de réussir ses études, et le succès peut arriver par des voies inattendues, et même à retardement! Dans cette affaire, l'estime de soi est essentielle. Si on ne s'aime pas suffisamment, rien ne vaut d'être tenté, on reste à l'extérieur des choses, on n'avance pas. Poussons plus loin ce raisonnement : s'aimer suffisamment soi-même, c'est se sentir digne d'être aimé, et cette conviction ne se forge qu'au contact des autres. Conclusion : un déclic peut se produire par le seul fait de se sentir apprécié, courtisé.

C'est le cas de Félix. Il n'a pas que de bonnes notes, mais il n'a plus du tout peur de se planter, comme il y a encore quelques mois. Il était seulement en panne. Il croit maintenant en lui et voit quelques bons résultats arriver. Sa panique commençait à atteindre les profondeurs de sa personnalité. Il se sentait obligatoirement voué à l'échec, même avec les filles. Il s'est aperçu que c'était faux quand Célestine lui a fait savoir par Henri qu'elle le prendrait bien comme amoureux!

C'était en cours de gym, un vendredi, deux mois après la rentrée du nouvel an. Le moral de Félix s'améliore de jour en jour. Même s'il n'a pas fait

grimper sa moyenne dans des sommets époustou-
flants, Félix est plus à l'aise dans ses baskets et les
profs commencent à le dire. C'est bon pour son
image. Les parents ont tout compris. Ils restent dis-
crets. Le succès auprès des filles, ça donne des
ailes ! Bien sûr, il y a d'autres astuces pour retrouver confiance : des compliments inattendus, une
compétition sportive où l'on a donné le meilleur
de soi-même…

CHANGER D'ÉTABLISSEMENT

 hanger d'établissement peut être
une autre façon de se refaire
une santé à l'école. C'est parfois
la bonne manière d'apurer un
passif quand votre passé d'élève a laissé trop de
mauvais souvenirs ou quand vous voulez quitter
une ambiance déplorable. À force de ne plus avoir
envie d'aller à l'école, vous vous êtes donné une
très mauvaise image auprès de vos profs et le
conseil de classe parle de « réorientation ». Heureusement, vos capacités sont intactes et si demain
vous le décidez, vous pourrez repartir sur de nouvelles bases et avoir une conduite plus coopérative,
à condition de tenter votre chance ailleurs, pas
avec les mêmes profs, pas entouré des mêmes
copains car vous auriez l'impression de perdre la
face. Non, repartir de zéro, faire peau neuve
implique la découverte d'un nouvel environnement
dans lequel vous serez aussi « le nouveau », débar-
rassé d'une réputation qui pesait trop lourd.

À la rentrée suivante, vous avez changé d'établissement, vous ne rêvez plus de vacances perpétuelles ou de trouver un emploi pour quitter l'école, vous retrouvez même le temps béni où les études ne vous saoulaient pas, vous envisagez un débouché plus en accord avec vos projets d'avenir. C'est reparti !

On aurait tort de ne pas tenter cette solution, surtout si le nouvel établissement joue le jeu du « casier » scolaire vierge.

AVOIR UN COMPORTEMENT POSITIF

ien n'est donc inéluctable et l'on doit toujours miser sur votre capacité à évoluer. Il suffit parfois d'un simple coup de pouce qui bouscule vos idées reçues : vous pensiez ne pas être apprécié de vos camarades, et vous découvrez qu'en allant vers eux ils vous accueillent tout sourire ; le quotidien en devient radicalement différent. Vous vous butiez sur les matières scientifiques, persuadé que vous n'y arriveriez jamais, quelle que soit la partie du programme ; vous êtes tout surpris de comprendre mieux que tout le

monde telle expérience de physique, la vie en devient plus belle et vous ne dites plus « je n'y comprendrai jamais rien ! »

Estelle n'a pas eu à changer d'établissement pour adopter un comportement plus positif. Très sur la réserve auparavant, elle a été encouragée par son prof d'espagnol à sortir de sa coquille. Elle a accepté de s'engager dans la vie de la classe en participant à des travaux de groupe, en prenant des responsabilités et en s'ouvrant globalement aux autres. Elle a tenu compte des conseils que ses enseignants lui prodiguaient et s'en porte plutôt bien. Elle n'a plus besoin de se montrer désagréable. Tout le monde y gagne !

TOUS CAPABLES !

Si, contrairement à Estelle, vous continuez à vous démoraliser, méditez les préceptes qui suivent.

● Le temps perdu se rattrape toujours.

● Une mauvaise note/moyenne peut toujours être compensée.

● Un mois ou quelques semaines suffisent à modifier une motivation.

● Les parents et les profs doivent vous donner en permanence une chance d'évoluer, voire de changer du tout au tout, en très peu de temps.

● Les moments durs ne sont pas un crime et ne sont que passagers.

● Le dégoût d'école frappe n'importe qui. Vous n'êtes pas plus coupable d'en être atteint qu'un voyageur d'avoir contracté la « turista ».

● Fixez-vous librement une échelle d'avenir. Si vous avez un rêve, placez-le tout en haut, puis, par ordre décroissant, formulez d'autres projets : « Si je ne peux pas devenir danseuse, je me verrais bien professeure d'ESP ou animatrice... », et ainsi de suite.

● Les lacunes ou les difficultés des années précédentes, contrairement à ce que prétendent certains, ne s'ajoutent pas. La théorie du trou qui se creuse à l'infini est une sornette ; une mauvaise année ne met pas en péril le reste de la scolarité et on peut se rattraper l'année suivante.

● La conscience qu'on a de ses difficultés donne parfois un discernement et une maturité supérieurs à ceux des autres élèves.

● Méfiez-vous de ceux qui vous confondent avec votre bulletin de notes. Lorsque vous peinez en classe, vous gardez intactes toutes vos capacités intellectuelles et méritez toujours la considération de vos professeurs et l'affection de vos parents.

Conception graphique et réalisation :
Rampazzo & Associés.

ISBN : 2-7324-3191-5
Conforme à la loi n° 49-956 du 16 juillet 1949
sur les publications destinées à la jeunesse
Dépôt légal : septembre 2004
Imprimé en août 2004 par Pollina, France - n° L 93804